Andreas Winkler

FREDDY VON FLATTER

der kleine Vampir

Mit Bildern von Catharina Westphal

ellermann

Freddy von Flatter schläft noch. Aber sein Flederhund Fletscher bellt und zieht so lange an der Bettdecke, bis Freddy aufwacht.
Der kleine Vampir öffnet die Vorhänge, um die ersten Mondstrahlen hereinzulassen. Denn Vampire werden erst abends wach und schlafen, wie jeder weiß, am Tag.
Als Freddy aus dem Fenster schaut, sieht er draußen einen Mann. An seinem Mantel und seiner Mütze erkennt ihn Freddy sofort.
„Endlich kommt der Vampirjäger mal wieder vorbei!", jubelt er.
Der kleine Vampir legt sich, so schnell es geht, seinen nachtschwarzen Umhang um und poliert seine spitzen Zähne auf Hochglanz.

PAPA

Freddy wartet, bis der Vampirjäger die Tür aufgesägt hat.
Der Mann schleicht auf Zehenspitzen ins Schloss.
„Wenn ich den Vampir fange, bin ich ein Held“, murmelt er.
„Ich darf nur nicht wieder Angst kriegen ...“
Da fliegt ihm Freddy von Flatter schon entgegen.
Er faucht ihn an: „Grrrrrrrrch!“
Und er rollt gruselig mit den Augen.
„Tuhuhuhuhuu mir nichts!“, stottert der Vampirjäger. Vor Schreck stolpert er über sein Fangnetz. Zappelnd hüpft er davon.
Freddy seufzt. „Das ging ja viel zu schnell! Was soll ich denn nun die ganze Nacht lang machen?“
Aber dann hat der kleine Vampir eine Idee.

„Die Menschen feiern doch heute ein Kostümfest“, sagt er zu seinem Flederhund. „Komm, Fletscher, das sehen wir uns an. Keiner wird wissen, dass ich ein echter Vampir bin.“ Freddy und Fletscher klettern auf den höchsten Turm des Schlosses und fliegen los. In der Ferne sehen sie schon die Häuser der Stadt.

Bald haben Freddy und Fletscher die Stadt erreicht. Überall sind Kinder in Kostümen unterwegs. Freddy sieht, wie sie von Haus zu Haus gehen und an jeder Tür von den Erwachsenen Süßigkeiten geschenkt bekommen.

Freddy und Fletscher landen in einer dunklen Gasse. Zu Fuß folgen sie einer Gruppe Kinder. Niemand läuft vor Freddy davon, keiner fürchtet sich vor ihm.
Eigentlich ganz schön, denkt er. Das bin ich gar nicht gewohnt.
Ein Mädchen sieht aus wie eine Indianerin. Sie trägt eine rote Feder im Haar. „Genau so stelle ich mir einen echten Vampir vor", sagt sie zu Freddy.
Der kleine Vampir grinst und zeigt alle seine weißen, spitzen Zähne. „Vielen Dank! Mein Mantel ist auch erst einhundert Jahre alt, also fast ganz neu. Und die Zähne sind frisch angespitzt und poliert."
Das Mädchen lacht. „Ich heiße Tessy", sagt sie.
„Ich bin Freddy von Flatter, der Vampir", sagt Freddy.

Zusammen mit den anderen Kindern gehen sie zur nächsten Tür. Eine alte Dame öffnet, aber sie will ihnen nur Obst geben.
„Das ist viel gesünder“, sagt sie durch ihre große Nase.
„Schokolade ist schlecht für eure Zähne. Ihr müsst mehr Äpfel und Birnen essen und am besten auch Spinat und Spargel und Kohl. Besonders Rosenkohl!“
Freddy wird bei dem Gedanken an so viele gesunde Dinge fast übel. Er faucht die alte Dame gruselig an.
„Na gut, na gut.“ Grummelnd und brummelnd holt sie Schokoriegel und Bonbons. „Aber ihr müsst euch nach jedem Stück Schokolade die Zähne putzen“, näselt sie.
Die Kinder jubeln und Tessy gibt dem Flederhund Fletscher zum Dank einen Kuss auf die Nasenspitze.

Als sie zum nächsten Haus gehen wollen, tauchen plötzlich ältere Kinder auf.
„Danke, dass ihr uns die Arbeit abgenommen habt", ruft der größte Junge. Er nimmt Tessy die Süßigkeiten weg und läuft mit seinen Freunden davon.
„Das war der blöde Björn mit seiner Bande", sagt Tessy traurig.
„Die sind immer gemein und fies."
Sie ist so geknickt, dass ihre Indianerfeder ganz schlapp herunterhängt.

„Das kann doch wohl nicht wahr sein!", sagt Freddy von Flatter wütend. „Ich bin vielleicht gruselig, aber ich bin nie so gemein wie dieser blöde Björn!"
Freddy stemmt die Fäuste in die Hüften. „Ich helfe euch, eure Süßigkeiten wiederzubekommen!", sagt er.
Fletscher, der Flederhund, bellt laut.

„Wie willst du das denn machen?“, fragt Tessy. „Wir finden Björn und seine Freunde doch nie.“
Aber Freddy von Flatter zeigt auf Fletscher. „Flederhunde haben die feinsten und besten Nasen, die man sich vorstellen kann. Sie riechen eine Blutwurst auf einen Kilometer Entfernung, sogar mit Schnupfen. Und sie können jeder Spur folgen.“

Fletscher bellt.
„Los, Fletscher!", ruft Freddy. „Bring uns zum blöden Björn!"
Fletscher schnüffelt und läuft los. Er hat die Nase am Boden.
Es geht durch dunkle Gassen und finstere Seitenstraßen.
„Hast du gar keine Angst?", fragt Tessy Freddy.
„Ach was", sagt Freddy. „Mein Schloss ist hundertmal unheimlicher als die Straßen hier."

Schließlich kommen sie zu einem Hinterhof. Hier sitzen der blöde Björn und seine Freunde. Sie teilen gerade Tessys Schokoriegel unter sich auf.
„Wenn wir aufgegessen haben, suchen wir andere Kinder, denen wir Süßigkeiten wegnehmen können", sagt Björn.
Da wird Tessy wütend. „Wir waren den ganzen Tag für die Süßigkeiten auf den Beinen. Gebt sie uns sofort zurück, ihr gemeinen Kerle!"
Der blöde Björn lacht fies. Er geht auf Tessy zu und baut sich groß und breit vor ihr auf.
„Du hast mir gar nichts zu sagen!", ruft er und versucht, Tessy zu schubsen.
Aber Freddy von Flatter stellt sich dem blöden Björn in den Weg. „Leg dich lieber mit jemandem an, der sich auch wehren kann", sagt er.

„Ich kann Karate!", ruft Björn. „Zack, ich verpass dir eine!" Aber Freddy lacht nur. Der kleine Vampir wirbelt so schnell um Björn herum, dass dem ganz schwindelig wird. „Frrrrrch!", faucht Freddy von Flatter. „Ich kann Vampir-Karate, blöder Björn!"

Björns Freunde versuchen, ihm zu helfen, aber gegen Freddy und den Flederhund Fletscher haben sie keine Chance. „Das ist ein echter Vampir! Nichts wie weg!", rufen sie. Sie laufen davon, so schnell sie können.

Nur der blöde Björn kann nicht weglaufen. Ihm ist schwindelig. Und weil er so viel Schokolade gegessen hat, ist ihm auch noch schlecht.

„Ich gebe auf! Ich gebe auf!", ruft er.

„Du gehst jetzt mit uns zu der alten Dame und holst neue Süßigkeiten!“, sagt Freddy grimmig.
„Oh nein!“, jammert Björn. „Die will doch allen immer nur Spargel und Rosenkohl geben ...“
„Das hast du auch verdient“, sagt Freddy von Flatter.

Der blöde Björn muss bei der alten Dame klingeln. Freddy, Tessy und die anderen Kinder verstecken sich.
„Oh, wie schön", sagt die alte Dame zu Björn. „Du bist sicher hier, weil du etwas Gesundes essen möchtest."
Björn muss eine Menge Spinat und Spargel essen. Erst zum Schluss bekommt er auch ein paar Schokoriegel.

„Ich schwöre, dass ich euch nie wieder ärgern werde“, sagt der blöde Björn, als er Tessy die Süßigkeiten gibt.
Tessy freut sich und schenkt Björn sogar etwas davon.
„Danke“, stammelt Björn. Dann läuft er weg.
„Danke für deine Hilfe“, sagt Tessy und umarmt Freddy.
„Du und Fletscher, ihr wart wunderbar. Bist du wirklich ein echter Vampir?“
„Ja, bin ich“, sagt Freddy. „Aber krieg jetzt bitte keine Angst vor mir. Das ist bei Menschen immer das Gleiche.“
„Nö, keine Sorge“, sagt Tessy. „Ich habe keine Angst.“
Sie zieht die hübsche rote Feder aus ihrem Stirnband und gibt sie Freddy von Flatter.
„Schließlich sind wir Freunde!“

Fletscher bellt fröhlich und Freddy fliegt vor Freude zweimal um einen Laternenpfahl herum.
„Ich komme dich bald wieder besuchen!", ruft er und winkt Tessy und ihren Freunden zu.
Dann fliegt der kleine Vampir mit Fletscher zurück zu seinem Schloss.